AF137754

Pleine lune

Christelle Dumarchat

Pleine lune
suivi de
Éclat

© 2023, Christelle Dumarchat
Édition : BoD – Books on Demand, info@bod.fr
Impression : BoD – Books on Demand,
In de Tarpen 42, Norderstedt (Allemagne)
Impression à la demande
1ère édition, août 2017, Something Else Éditions
Dépôt légal : Mars 2023
ISBN: 978-2-3221-2376-6

Au lecteur

Voici Pleine Lune, un court roman paru chez Something Else Editions de juillet 2017 à janvier 2022. Il a été revu, augmenté et corrigé. Il est suivi d'une brève nouvelle sur le même thème, écrite bien avant et parue chez L'ivre Book en 2019, également revue et corrigée.

Alors, plongez en compagnie d'Océane et de Marine dans les fonds marins, ou visitez les côtes bretonnes. Bonne lecture !

Pleine lune

27 juin 2010

Ce début de matinée était paisible. Très prometteur. L'été demeurait sa saison favorite.

Elle adorait sentir la chaleur du soleil naissant sur sa peau. Sur toute sa peau. Le sable était tellement doux lorsqu'elle faisait glisser ses grains entre ses doigts, allongée paresseusement dessus, alors que la fraîcheur était encore présente.

Une seule journée.

Plus les années passaient, plus attendre autant lui devenait compliqué à supporter. Sa patience s'amoindrissait. Ses sœurs le lui reprochaient souvent, mais découvrir le monde était pour elle son plus grand plaisir, car son exploration lui semblait infinie. En effet, contrairement à elles, elle éprouvait toujours le besoin d'être constamment dans l'action, de poursuivre un but, même si elle ne savait pas encore trop vers quoi elle se dirigeait.

La nuit précédente, il lui avait été possible de profiter de la solitude de la plage, en toute quiétude, puisqu'il n'y avait pas eu de fête impromptue organisée en ce lieu qui puisse l'empêcher d'agir à sa guise. Trop de fois, elle n'avait pu le faire tranquillement à cause des présences importunes. Sans compter ces longs mois froids où elle ne pouvait rien faire. Alors passer cette nuit à courir, sauter, marcher ou simplement à contempler le panorama de l'océan sous la pâleur lunaire avait été un vrai bonheur.

Elle acheva de coiffer ses longs cheveux blonds avec le peigne d'écaille ancien qui ne la quittait jamais, trouvé oublié sur un rocher il y avait quelques années, puis elle les tressa et les attacha avec le ruban bleu noué autour de son poignet. Ensuite, elle se leva rapidement, saisit les vêtements mis à sécher à côté d'elle et les enfila.

Elle était enfin prête à affronter le monde. En ce jour, c'était décidé, elle se rendrai dans le village pour découvrir leur vie de plus près. Et tant pis si cela ne plaisait pas à Père. Elle en avait trop envie. Voir les gens évoluer de loin ne lui suffisait plus. Elle désirait en apprendre davantage sur eux, s'en approcher dans les limites du raisonnable.

Elle se mit en route, escaladant avec facilité les rochers, forte de ses étirements nocturnes. Après, elle s'engagea sur le petit raidillon qui bordait la côte et qui menait aux toits qui se profilaient dans le lointain. Elle prit son temps, appréciant le paysage qui variait chaque fois qu'elle revenait, savourant les sensations provoquées par le vent qui jouait dans ses cheveux et qui effleurait sa peau, humant les odeurs de bruyère et des autres fleurs qui se trouvaient de chaque côté du passage esquissé dans la végétation. En face d'elle, le clocher grandissait progressivement et les premières bâtisses apparurent à un détour de la sente qui devenait également plus large et plus praticable.

Elle avait déjà eu l'occasion d'emprunter ce chemin, toutefois il était difficile de le faire sur une certaine distance dans le plus simple appareil sans se faire remarquer. Pour ses pérégrinations, elle avait besoin des vêtements dénichés sur la plage, ce qui n'était pas toujours le cas. Cette fois-ci, il lui avait été possible d'en rassembler suffisamment dans sa cachette au fond de la grotte qui servait il y avait deux siècles aux contrebandiers. Par chance, cette dernière n'était plus dans les mémoires et la mer avait fait son œuvre autour. Dès lors, elle avait pu en faire son repaire secret, dorénavant camouflé derrière des rochers à l'aspect redoutable et en partie obstrué par l'eau.

Peu à peu, elle arriva au village. Lorsqu'elle y pénétra par une petite ruelle, elle se dirigea vers la place de l'église et les bruits lui parvinrent avec force : voitures, cris, musique. Sur le moment, cela lui donna une perception assez désagréable, agressant ses sens, mais elle se reprit et s'engagea sur la place. Ce jour-là, il y avait beaucoup de monde qui y déambulait. Elle comprit pourquoi quand elle entendit à un moment deux vieilles

13

personnes parler de « marché ». Elle savait que c'était un instant privilégié où les marchands des alentours venaient vendre leurs produits. Elle devina qu'elle allait avoir la possibilité d'observer beaucoup de choses intéressantes.

Elle se promena tranquillement parmi les autres badauds. Autour d'elle, des sortes de tables étaient disposées sur lesquelles s'étalaient de multiples choses : de la nourriture, des vêtements et divers objets qu'elle avait du mal à identifier. Elle était fascinée par cet univers qui s'ouvrait à elle. Être en mesure de se rendre au milieu des terres était souvent ardu et elle mettait à profit chaque instant avec enthousiasme. Pourtant, elle éprouvait également de la peur. Se faire bousculer, sentir ces corps qui frôlaient le sien de manière si rapprochée, même si ce n'était pas voulu ni offensif, était réellement étrange à vivre, très différent de ce qu'elle connaissait dans l'eau. Là-bas, tout était fluide. Ici, cela devenait oppressant. Pourtant, prenant sur elle, elle commençait à s'y faire.

Et puis il y avait tous ces effluves à la fois agréables et étranges qui lui parvenaient : sucrés, floraux, et d'autres inconnus…

Les interpellations, les rires, les appels des marchands…

Les variétés des couleurs.

Tout cela était plutôt étourdissant, entêtant. Toutefois, par-dessus tout, c'était passionnant. Tous ses sens étaient en éveil.

Elle sentait aussi les regards pleins de surprises qui se posaient sur elle : il était vrai qu'avec ses cheveux blonds qui descendaient jusqu'en bas du dos, malgré la tresse, ce pantalon court, ample et bariolé, ce haut avec marqué dessus **I Love NY** en rose, et ses pieds nus, elle devait avoir une apparence assez exotique dans ce coin de Bretagne, bien que la saison estivale s'ouvrât. Mais elle n'avait rien pu récupérer d'autre. Trouver une paire de chaussures complète était impossible, et elle n'aimait pas cela. En outre, la robe qu'elle portait avant avait été usée par le temps. Elle était beaucoup plus jolie. Cependant, elle ne pouvait pas se permettre de faire la fine bouche. Une journée de liberté était à ce prix-là. Et puis, vu la tenue dans laquelle elle évoluait la plupart du temps, ce que les humains appelaient « la mode », d'après ce qu'elle avait pu comprendre grâce aux conversations ouïes au fil des années, et à laquelle ils accordaient une grande importance, n'en avait aucune pour elle. Le sourire aux lèvres, ses réflexions l'accompagnaient et elle laissait de côté les mauvaises idées pour ne pas bouder son plaisir.

Brusquement, il y eut une bousculade.

Ses jambes, sans doute fatiguées par un usage aussi long, se dérobèrent sous elle.

Une main survint à temps pour la retenir.

Elle leva les yeux.

Et ils s'attachèrent au regard noir qui plongea dans le bleu du sien. Elle put même y distinguer des paillettes dorées tant il était proche et manifestement très surpris.

— Mademoiselle, ça va ? demanda une voix emplie de sollicitude.

Par chance, comme elles étaient douées pour les langues, elle put répondre dans celle qui se parlait ici sans aucune hésitation et aucun accent :

— Je crois.

L'homme la prit doucement par la taille pour la conduire à un banc qui se trouvait à proximité.

— Asseyez-vous, lui conseilla-t-il.

Se retrouver dans cette position, nettement moins pénible pour ses jambes, lui permit de se ressaisir. Elle prit conscience qu'elle en avait trop fait, poussée par sa volonté d'en connaître davantage. Si elles étaient faites pour marcher, cela se saurait ! Elle n'était plus accoutumée à parcourir une si grande distance, son entraînement nocturne n'avait pas été suffisant, il ne remplaçait pas la force de l'habitude.

— Voilà, cela va mieux ? s'enquit-il avec gentillesse, penchant sa tête brune sur un côté.

— Oui…

— Vous avez mangé ce matin ?

Bon sang, de la nourriture !

Le poisson avalé hier soir était loin et avec ses jambes elle avait besoin de davantage d'énergie. Cela lui était complètement sorti de l'esprit ! Elle était vraiment trop impatiente de venir ici et elle en avait oublié toute prudence élémentaire. De toute façon, même si elle avait senti la faim arriver, avec quoi aurait-elle pu s'acheter de quoi se sustenter en ce lieu ? Ce n'étaient pas les piécettes trouvées dans le sable qu'elle accumulait dans sa cachette qui lui seraient utiles : certaines n'avaient même plus cours !

— Heu, non, avoua-t-elle, penaude.

Il lui tendit une barquette de fruits rouges, brillants, avec des points noirs, très appétissants, en lui disant :

— Tenez, mangez quelques fraises !

Elle en saisit une, puis elle mordit dans le fruit. Immédiatement, ce fut un éclatement de saveurs qui la submergea : sucré, juteux, moelleux, un vrai plaisir pour les papilles ! Et ce goût enchanteur… Elle en attrapa une autre, et ce fut tout autant merveilleux. C'était également très rafraîchissant. Sans s'en rendre compte, elle finit la barquette, puis lorsqu'elle leva la tête, elle croisa le regard amusé de cet inconnu qui déclara avec une pointe de rire dans la voix :

— Eh bien, vous aviez faim ! En ce qui me concerne, je suis quitte pour aller en acheter d'autres !

— Désolée, mais c'était si bon ! s'excusa-t-elle, vraiment confuse.

Il récupéra le récipient en carton vide qu'il déposa dans la poubelle qui se trouvait à côté du banc, ensuite il lui sourit franchement, puis demanda :

— Vous habitez ici ?

— Temporairement, répondit-elle rapidement.

Oui, elle vit en ce lieu, jusqu'à ce soir…

Cependant, il n'avait pas besoin d'en savoir davantage.

— Ah, vous aussi vous êtes en vacances ! s'exclama-t-il avec un sourire encore plus large.

— C'est un peu cela ! Mais je dois partir, dit-elle en se levant.

— Déjà ! Je souhaiterais vous inviter à prendre un verre avec moi. Après tout, vous avez fini mes fraises, cela mérite une compensation !

— Prendre un verre ? interrogea-t-elle, stupéfaite.

Certes, elle maîtrisait bien la langue que ce soit à l'écrit ou à l'oral, mais le sens de cette expression lui échappait.

— Oui, là-bas, répliqua-t-il.

De la main, il lui indiqua une bâtisse sur le mur de laquelle était écrit en grosses lettres : **CAFÉ DES VOYAGEURS.**

Elle comprit enfin : il l'invitait à boire quelque chose. Pourquoi pas ? Ce serait une nouvelle expérience agréable à vivre. Elle n'avait guère l'habitude de converser avec des gens. La plupart du temps, elle les fuyait, ou elle se cachait. En outre, cet homme était vraiment charmant. Toutefois, elle chassa vite cette constatation qui pouvait la mener vers une pente dangereuse pour revenir à la situation et déclarer :

— D'accord. Néanmoins, je ne resterai pas longtemps.

— Vous partirez quand vous le voudrez,

affirma-t-il en haussant les épaules.

Ils se dirigèrent vers l'établissement et ils s'installèrent à une table sur la terrasse, profitant de cette belle matinée. Elle s'absorba un moment dans la contemplation de la foule autour d'elle. Tout était si captivant ! De cet endroit, il y avait un point de vue global sur ce qui se déroulait dans leur entourage. Ce qui était une aubaine pour elle. Se poser un instant au milieu d'eux : elle avait eu raison d'accepter.

— Un café, cela vous conviendra ? lui demanda-t-il, faisant cesser son observation.

Elle n'en avait jamais goûté, mais elle savait que les humains appréciaient beaucoup cette boisson, alors elle opina du chef. Après avoir dégusté des fraises, du café, elle aurait des choses à narrer à ses sœurs. Ou pas. Oui, cela pouvait demeurer son secret. Elle n'était pas obligée de tout leur raconter, du moins pas tant qu'elle ne se trouvait pas en péril.

Il héla un homme qui les rejoignit aussitôt :

— Bonjour ! Deux cafés, s'il vous plaît !

L'homme hocha la tête et partit.

— Bon, je me présente : Antoine Duval, et vous ? interrogea-t-il en se calant dans la chaise en bois, la regardant attentivement.

— Océane.

— Océane, et c'est tout ? plaisanta-t-il.

Elle secoua la tête. De toute façon, lui révéler son vrai nom n'aurait servi à rien, sans compter qu'il était imprononçable pour les humains.

— Oui, c'est tout, confirma-t-elle.

— Bien, je m'en contenterai. Cela fait longtemps que vous êtes ici ?

Elle n'avait aucune raison de mentir, par voie de conséquence, elle dit simplement :

— Je suis arrivée cette nuit.

— Ah ! Et comment ?

— Par mes propres moyens, rétorqua-t-elle.

Il inclina la tête sur le côté, ses yeux pétillaient de malice :

— Je suis trop curieux, c'est cela ? Alors, si mes questions sont trop gênantes, j'arrêterai d'en poser. J'ai juste envie d'en savoir davantage sur vous !

Le serveur mit devant elle une tasse marron fumante qui dégageait un arôme étrange et tentateur. Elle regarda Antoine enlever le papier qui enrobait une chose solide blanche et rectangulaire, puis la plonger dans la tasse. Ensuite, il prit la cuillère qui reposait à côté dans la coupelle crème et remua le tout. Elle l'imita de son côté. Comme lui, elle attendit un peu avant de boire. Il valait mieux qu'elle calque son comportement sur le sien pour ne pas avoir l'air trop idiote en commettant des erreurs, et surtout afin d'éviter qu'il ne se pose trop de questions. Il était déjà bien assez indiscret pour elle.

— Vous avez prévu de faire quelque chose de particulier dans l'après-midi ? lui demanda-t-il avec entrain, alors que la boisson refroidissait.

— Pourquoi ?

— Parce que nous pourrions la passer

ensemble, déclara-t-il avec assurance.

Là, elle n'aima pas cette requête qu'elle jugea audacieuse. De plus, la plupart du temps elle évitait de revoir les gens qu'elle croisait pour mieux dérober aux regards son existence.

— Vous êtes toujours aussi direct ? interrogea-t-elle, avec réticence, veillant à dissimuler son malaise.

— Quand je suis en face d'une charmante jeune femme mystérieuse, oui, affirma-t-il, en éclatant de rire.

Elle n'apprécia pas le ton séducteur qu'il employa. Elle avait eu l'occasion d'entendre tant d'humains adopter le même pour arriver à leur fin avec des femmes, qu'elle était au courant qu'il fallait s'en méfier. Sur-le-champ, elle se referma sur elle-même, se consacrant à la dégustation de la boisson, dans le plus grand silence. Ce fut alors un savoureux moment de découverte gustative en ce qui la concernait.

C'était chaud, amer et agréable. Très agréable. Cette boisson la revigorait.

Elle adorait !

— Océane, je suis désolé si je vous ai peinée, mais je suis comme ça : je vais toujours directement au fait. Et vous… Enfin, vous me plaisez beaucoup, avoua Antoine, se passant la main dans les cheveux, brisant le silence qui s'était instauré.

Elle le regarda. Il avait l'air sincère, il avait compris la raison de son mutisme, mais trop de ses congénères étaient tombées dans ce genre de pièges et elle ne désirait pas que cela lui arrive. Si à une époque, elles séduisaient les marins, souvent par désœuvrement, désormais c'était bien fini. Pour sa part, elle était trop jeune pour avoir connu ce temps-là où la rumeur les décrivait comme démoniaques et néfastes envers les humains, voire prédatrice. De plus, elle n'avait pas été élevée ainsi. Leur père tenait à ce qu'elles fassent tout pour être prudentes, leur mère étant décédée dans de tragiques circonstances. Par conséquent, tout ce qu'on avait pu lui conseiller lui revint avec fulgurance.

— Je vais rentrer, affirma-t-elle, en se levant d'un mouvement décidé.

Une fois debout, elle salua Antoine avec plus d'urbanité :

— Merci pour le café. C'était très gentil !

Il se mit en position verticale à son tour et saisit sa main, inclinant sa haute taille pour lui poser cette question :

— Nous reverrons-nous ?

Elle effectua un mouvement de la tête en signe de dénégation, retirant calmement sa main de la sienne, constatant avec surprise, et surtout avec amertume, que la douceur de sa paume l'avait assez troublée.

— Je ne pense pas…, commença-t-elle, dissimulant sa confusion derrière un air sérieux forcé.

— J'espère au contraire que oui ! la coupa-t-il.

Elle esquissa un petit sourire et murmura :

— C'est impossible.

Hâtivement, elle tourna les talons, franchit la rue et se noya dans la foule afin qu'il ne puisse pas la suivre du regard.

En effet, c'était impossible. Elle devait se montrer raisonnable. Elle achèvera cette journée dans sa grotte, à attendre la nuit, puis sa transformation. Et elle gardera cette matinée dans son cœur, le goût du café et des fraises dans sa mémoire.

Elle partit sans jeter un coup d'œil en arrière, ou plutôt elle fuit, avec des souvenirs pleins la tête.

Oui, en effet, la matinée avait été plus que prometteuse… au-delà de toutes ses espérances.

27 juillet 2010

Encore une belle journée qui s'annonçait ! La chaleur caniculaire du jour précédent avait emmené une nuit lourde et la relative fraîcheur de ce matin était réjouissante et reposante. Autant elle appréciait la chaleur du soleil sur sa peau, autant les atmosphères pesantes lui étaient difficiles à supporter, sans doute à cause de sa nature aquatique.

Assise dans le sable, elle regardait au loin l'astre solaire poindre. Observer le dégradé de couleurs qui paraissait sortir de l'eau était un spectacle dont elle ne se lassait pas. Surtout ces jours-là, car tous n'étaient pas synonymes de beau temps. Mais même la pluie ne lui gâchait pas ces instants, les gouttes se mélangeant si harmonieusement aux vagues, et malgré leur température souvent plus basse que celle de l'onde, elle appréciait cela. Seul le froid l'obligeait à rester tranquille, étant donné qu'elle le ressentait profondément, voire viscéralement, quand elle se trouvait à la surface. En outre, ses écailles réagissaient très mal sous le souffle glacial, perdant de leur souplesse et, plus particulièrement, de leur caractère protecteur. Pourtant, fréquemment, elle faisait tout afin de se chercher un endroit chaud, quitte à s'éloigner de ce coin temporairement. Cependant, elle y revenait toujours. Elles avaient toutes un lieu où elles se sentaient mieux qu'ailleurs, hormis dans l'eau, sans savoir ce qui les poussait à y retourner.

Dans l'immédiat, elle profitait de la solitude. Il y avait quelques jours, elle avait pu voir le spectacle coloré du feu d'artifice tiré sur le port, cachée derrière une vieille barque. Ces lumières colorées, éclatantes et éphémères la faisaient rêver, bien que le bruit fût plutôt désagréable pour elle à cause de la résonance dans les flots.

Elle poussa un soupir. Le temps s'écoulait si vite. Le matin, de très bonne heure, était encore un moment privilégié. Mais dès que le soleil éclabousserait le ciel, les humains viendraient bénéficier de sa chaleur pour se baigner ou passer une journée au bord de la plage, et ainsi envahiraient les parages.

Elle respira doucement. Le souffle léger du vent portait des odeurs marines, avec parfois des notes florales, plus terrestres, qui s'y mêlaient. C'était délectable.

— Océane !

Cette voix ! Cette voix même qui était dans son

esprit depuis un mois, cachée dans un coin de sa mémoire.

Elle ferma les yeux un instant. Toutefois, l'appel se reproduisit et elle tourna la tête pour voir courir vers elle Antoine, dans une foulée rapide, vêtu d'un pantalon en tissu doux et d'un haut blanc, son cou ceint d'une serviette de couleur identique.

— Si je m'attendais ! s'exclama-t-il.

Il se planta devant elle et continua avec un chaleureux sourire :

— Où étais-tu ? Je t'ai cherchée partout ! Étant donné que tu m'avais dit que tu résidais dans le secteur, j'ai espéré te recroiser un jour. Mais comme cela fait presque un mois, j'avais quasiment renoncé. Résultat, tu es là, de manière si inattendue !

Le tutoiement était abrupt, mais il lui parut naturel, évident. Pourtant elle réfléchit immédiatement à la façon de se sortir de cette situation.

Bien sûr, vingt-huit jours, c'est long pour un humain. Elle allait devoir dénicher une bonne excuse. Pourtant, quelle explication lui fournir ? Qu'elle était une sirène qui pendant tout ce temps-là se trouvait sous l'eau ! Surprenant et ridicule. Une excuse qui était difficile à admettre pour un humain ! Très invraisemblable, et pourtant si elle l'énonçait, elle ne ferait que dire la vérité.

Néanmoins, elle ne pouvait se cacher qu'elle aussi avait vécu dans l'attente de ce moment. Elle avait conservé le secret de cette rencontre au chaud dans sa tête et dans son cœur. Cependant, lui, il n'en savait rien. Et il ne fallait pas qu'il le sache. Elle était si heureuse de le revoir, et d'ores et déjà, elle ne souhaitait pas fuir.

Oui, cette journée serait encore sienne.

Il s'assit à côté d'elle.

— Tout va bien ? s'enquit-il, avec une nuance inquiète dans la voix face à son mutisme.

— Oui, fut l'unique réponse qu'elle put lui donner.

Il saisit une de ses mèches de cheveux qu'elle n'avait pas encore attachée dans sa main. Face à ce geste, elle se raidit, aussitôt sur ses gardes, prête à partir. Il dut percevoir son changement d'humeur, car sa main retomba sur le sable, alors qu'il poussait un soupir et que le silence les cernait.

— Tu es encore plus jolie que la dernière fois, déclara-t-il finalement.

Elle secoua la tête et amorça un mouvement pour se lever, mais il posa vite sa main sur son épaule.

— Océane, je plaisante. C'est bon, j'ai compris que tu étais une jeune femme sérieuse. Et je ne veux plus que tu t'échappes de cette manière. Honnêtement, cela m'a assez retourné de ne pas te trouver. Alors, s'il te plaît, ne pars pas.

— Ce n'est pas une excellente idée ! s'exclama-t-elle, dans une tentative vaine d'explication.

— Pourquoi ? Tu as quelque chose de prévu ?

Bon sang, ces paillettes dorées qui dansaient

dans son regard qui la fixait, elles la troublaient tant… Elle allait dire une bêtise !

— Non, mais…

— Alors, si ce n'est pas le cas, pour quelle raison ne passerions-nous pas la journée ensemble ! Il fait beau. Pourquoi pas ici ?

Encore cette proposition ! Décidément, quand il avait une idée derrière la tête, il ne renonçait pas facilement.

— Mais tu ne travailles pas ? l'interrogea-t-elle, souhaitant détourner la conversation.

— Je suis traducteur. Pour le moment, j'ai fini le dernier roman que j'avais à traduire. Donc, en attendant que l'on m'envoie le prochain, j'ai du temps devant moi. Pour en revenir à ma demande, je te propose ceci : comme je ne réside pas très loin, je vais rentrer chez moi, prendre une douche et me changer, ensuite je te retrouve ici avec un pique-nique, j'ai tout ce qu'il faut.

— Un pique-nique ?

— Oui, cela te plairait ?

Bon, encore un mot qui lui échappait. Toutefois, elle préférait être mieux informée sur les raisons de cette invitation.

— Pourquoi ? s'enquit-elle.

Il haussa les épaules avant de rétorquer :

— Eh bien, pour passer du temps ensemble, pour apprendre à davantage se connaître.

— Oui, mais pourquoi ?

Elle devait avoir l'air d'une demeurée, en insistant de cette manière, néanmoins elle avait réellement besoin d'en savoir plus sur ses motivations.

Il soupira et en dernier ressort lâcha :

— J'éprouve l'impression qu'il y a quelque chose de spécial entre nous deux, que notre rencontre n'a rien d'anodin, et j'ai envie de vérifier pour quelle raison je ressens tout cela.

Elle le pensait aussi, mais préférant se taire sur ce sujet, elle choisit plutôt de rebondir sur sa proposition :

— Je n'ai rien de prévu. J'accepte avec plaisir.

— Bien, alors attends-moi. Je reviens le plus vite que je peux.

Et comme promis, elle patienta. Au bout d'un certain temps, il la rejoignit vêtu d'un jean et d'un tee-shirt, avec un panier à la main. Il lui sourit, manifestement heureux qu'elle soit toujours présente, et probablement soulagé, même s'il n'en montra rien.

Et elle ne regretta pas d'avoir accepté, même si elle ne comprenait pas ce qui l'avait poussée à agir de cette manière.

Cette journée fut délicieuse.

Antoine était un homme aimable et chaleureux, très érudit. Visiblement, il avait tiré une leçon de la dernière fois, car il ne lui posa pas de questions personnelles, même si elle se doutait que cela le démangeait, car souvent au cours de la journée son regard était scintillant de malice et interrogatif.

Ils dégustèrent, les pieds dans l'eau, le repas qu'il avait apporté, composé de sandwichs et de fraises, juteuses et acidulées. D'ailleurs, elle fut touchée par cette attention à son égard, qui était la preuve qu'il n'avait pas oublié qu'elle avait apprécié ce mets au moment de leur première rencontre. Ensuite, il se révéla un très bon nageur tandis qu'ils profitèrent de l'eau. Mais bien sûr, il fut assez stupéfait de ses talents en la matière. Et pour cause ! Par chance, elle avait déniché un maillot de bain, sinon elle ne savait pas comment elle aurait fait pour improviser une excuse afin de ne pas le rejoindre. Une personne en vacances qui n'avait pas de maillot alors qu'elle se trouvait en bord de mer, cela était loin d'aller de soi.

À un moment, comme ils faisaient une pause, assis sur le sable, il lui indiqua du doigt une terre qui émergeait des flots, assez proche de la côte en lui confiant :

— Tu vois cette île ? Eh bien, je projette de l'acheter. Un vieux fort, encore en bon état, y est bâti, même s'il y a beaucoup de travaux à faire pour le rendre plus confortable. Il s'y trouve également un petit lopin de terre qui peut devenir un jardin. Un puits, très profond, avec de l'eau potable apporte une certaine indépendance. Pour l'électricité, avec un générateur ou du photovoltaïque, cela devrait aller. Oui, j'aimerais vraiment y résider.

De son côté, elle connaissait cet endroit, car elle y avait parfois abordé et elle appréciait beaucoup son calme. Cependant, elle ne pipa mot sur ce sujet. En revanche, une réflexion, qu'elle entendait souvent chez les humains, lui vint à l'esprit :

— Mais cela coûte cher !

— Je sais, néanmoins j'ai hérité de mes grands-parents, et avec l'argent dont je dispose, je pourrai l'acheter et le rénover. Et puis, le prix est assez raisonnable.

Elle, qui avait beaucoup voyagé, ne put s'empêcher de lui poser cette question :

— Pourquoi une île ici ?

Il haussa les épaules :

— Il est vrai que dans un climat plus propice, ce serait plus sympa. Toutefois, j'avoue que cette île m'a toujours tenté. Il est également possible d'y amarrer un bateau dans une crique protégée, pourvue d'une petite plage. Et puis, là-bas, je travaillerai en paix.

Elle voyait très bien de quoi il parlait ! L'étendue était recouverte d'un sable d'une grande finesse.

— Pour tes traductions ? s'enquit-elle.

— Pas seulement. J'écris aussi des romans policiers. Mais assez discuté de moi !

Il se pencha et prit doucement son menton. Elle le regarda faire, sidérée, perdue dans les pépites dorées de ses prunelles. Cette fois-ci, elle ne songea même pas à fuir sa main.

— Que…

Elle n'eut pas le temps d'en ajouter davantage, puisque ses lèvres se posèrent sur les siennes d'abord doucement, puis plus passionnément. Ce contact la fit chavirer sur-le-champ.

Que c'était doux !

Ses mains descendirent sur ses épaules avec lenteur.

Son baiser l'entraînait dans des fonds inconnus pour elle. Elle se sentait comme lorsqu'elle se trouvait dans les profondeurs marines : heureuse, en paix avec elle-même. Elle était bien. Très bien. Dangereusement bien. Soudain, un frisson monta le long de sa colonne vertébrale. Des sensations à la fois douces et intenses la cernèrent. Elle avait tant de fois vu les humains échanger des baisers, mais le vivre était infiniment différent. Elle était bouleversée dans sa tête et dans son corps.

Il lui fallait réagir avant de s'enfoncer davantage dans ce méandre des sentiments qui ne devait pas exister pour elles.

Elle était une sirène. Elle était en train de l'oublier. Elle était en train de s'oublier. Elle éloigna sa tête de la sienne, détachant ses lèvres des siennes. À regret.

Elle plaça sa main sur la sienne pour l'obliger à la lâcher, puis elle bondit sur ses pieds, s'écriant :

— Je dois partir !

Il la regarda, complètement abasourdi :

— Comment cela !

Elle commença à reculer, confuse.

— Je viens juste de me rappeler que je suis attendue, mentit-elle, la voix tremblante.

Sa surprise était toujours évidente, cependant il déclara avec une intonation plus posée en se mettant debout :

— Bon d'accord ! Toutefois, je te revois demain, n'est-ce pas ?

— Demain ? Impossible, rétorqua-t-elle.

— Mais…

— Je ne sais pas quand ce sera possible ni même si cela pourra se faire une autre fois.

Il saisit doucement sa main :

— Océane, c'est à cause du baiser ?

Elle secoua la tête, tout en secouant son bras afin qu'il la lâche :

— Non, c'est juste à cause de… moi.

Son ton de voix montrait son incertitude lorsqu'il demanda :

— Je ne comprends pas…

— Je dois m'en aller, c'est tout.

Elle partit en courant, sans lancer un regard vers lui. Replonger dans ses iris, cela serait trop… dangereux.

Tout devenait vraiment compliqué. Les choses lui échappaient. Se dérober de cette manière n'arrangeait pas la situation, mais elle ne savait plus quoi faire. Elle fit attention à ce qu'il ne puisse pas la suivre, choisissant un chemin peu emprunté, puis elle se réfugia dans sa grotte, la tête encombrée de questions et le corps de sensations à la fois nouvelles et attirantes, la saveur de cette journée, et surtout de ce baiser gravés dans ses souvenirs. Et là, assise au milieu d'objets familiers, elle réfléchit sur ce qu'elle devait faire.

Le reverra-t-elle ?

Il prenait une place si prégnante dans son cœur,

dans son existence. Non, franchement, elle ne savait plus si elle devait écouter sa raison ou son cœur. Il y avait comme un vide en elle lorsqu'elle envisageait la solution la plus raisonnable. Elle savait également qu'elle ne pouvait se confier à personne. Tout reposait entre ses mains et dans son for intérieur elle n'en menait pas large dans la solitude de son refuge.

Enfin, il fallait qu'elle se ressaisisse, dans le but de tirer parti des quelques heures qui lui restaient. Lorsqu'elle sortit de sa cachette, il ne demeurait plus personne sur la plage. Et, solitaire, elle profita de la beauté de la lumière lunaire qui dansait sur les vagues et paraissait y sombrer. De la même manière qu'elle se sentait perdue face à l'absence d'une personne.

25 août 2010

En effet, tout le long du mois suivant, il lui manqua. Son rire, son parfum. Les pépites d'or qui dansaient dans ses yeux, elle les voyait tout le temps. Le son de sa voix résonnait de manière incessante à ses oreilles, comme une obsession. Tellement que son attitude songeuse peu coutumière surprenait sa famille et ses amis, mais elle resta mutique face à leurs interrogations et à leur inquiétude.

À tel point également qu'elle prit l'initiative de venir à sa rencontre. Poussée par je-ne-sais-quoi, elle se rendit à l'entrée de la plage pour attendre le moment où il arriverait pour courir, puisque lors de ses visites matinales dans ce lieu, même si pour cela elle se trouvait dans l'eau, elle s'était aperçue que c'était pour lui une habitude journalière.

Le bon côté, avec les touristes, c'était qu'ils oubliaient souvent des vêtements. Aujourd'hui, elle portait un jean coupé aux genoux, un peu large pour elle à la taille, mais avec un foulard elle improvisa rapidement une solution, et un tee-shirt bleu uni, récupérés derrière un rocher. Une tenue davantage dans ses goûts et moins choquante pour les gens qu'elle croisait, même si elle conservait précautionneusement la précédente.

Avec soulagement, elle aperçut de loin Antoine descendre à un rythme régulier le raidillon qui menait à la plage. Elle resta assise sur l'éminence sombre, faisant au mieux pour ne pas montrer sa joie de le revoir, affectant de l'ignorer, sauf quand il se trouva devant elle.

Lorsqu'il constata sa présence, il marqua un temps d'arrêt. Coupant enfin le silence, qui s'était constitué pendant les quelques instants où ils étaient demeurés à s'observer, il prononça son nom qui résonna avec douceur à ses oreilles :

— Océane.

Par réflexe, elle opina du chef, les mots avaient du mal à franchir ses lèvres.

— Tu es là ? Je ne l'espérais plus. Tu es revenue il y a longtemps ? s'enquit-il avec empressement, et dans sa voix il y avait une nuance particulière, celle de la tristesse, ce qui la surprit et la peina.

— Cette nuit, déclara-t-elle doucement.

— Décidément, tu es imprévisible ! Tu m'attendais ?

Elle sourit en guise de réponse.

Il inclina la tête et déposa sans façon un affectueux baiser sur ses lèvres. De nouveau, ce frisson agréable se répercuta dans son corps. Mais, ayant sans doute à l'esprit sa réaction de la dernière fois, il ne l'approfondit pas davantage et s'exclama finalement avec sa bonne humeur coutumière :

— J'en suis heureux ! Nous passons la journée ensemble ?

Elle était suffisamment lucide pour comprendre que sa réponse serait très éloignée des consignes de prudences de son père. Mais comment résister ?

— Oui, si c'est possible, chuchota-t-elle.

— Je suis disponible, et si cela n'avait pas été le cas, j'aurais repoussé mon travail. Comme la dernière fois, je m'occupe de tout.

Cette nouvelle journée commune fut partagée entre caresses, baisers et paroles, même si elle veillait à ne rien dire d'elle. Ce fut de tendres moments sur le sable ou dans l'eau, avec une complicité grandissante, plus la journée avançait.

Puis il y eut cette question qu'elle put lire dans son regard, le soir venu.

Elle était consciente qu'elle ne le reverrait plus après, qu'il ne le fallait pas. Elle n'en avait pas le droit. Cette décision changerait tant de choses dans sa vie. Mais il lui avait tant manqué ! En outre, leur premier baiser lui laissait une telle trace dans le cœur. Ces instants de véritable partage avaient réveillé ces sensations, avec ses effleurements tendres qu'il avait tentés parfois, sans qu'elle le repousse. Elle était impatiente d'en découvrir davantage. Elle avait envie de ressentir encore plus d'émotions. Et tant pis pour le reste !

Elle plaça sa main dans la sienne, puis ils se

rendirent dans la maison typique de pêcheur aux volets bleus qu'il louait au bord de la mer, avec cette belle vue sur l'île qu'il convoitait et sur l'horizon.

Ils dégustèrent des mets inconnus à son palais : une salade de tomates, avec du thon et des crevettes, puis une omelette, qu'il prépara rapidement alors qu'elle ne le quittait pas des yeux. Pour elle qui avait l'habitude de pêcher le poisson elle-même et de le manger directement, c'était un surprenant spectacle à observer ! Sans compter que cette nourriture était plus adaptée à sa forme humaine, et surtout à sa soif de découverte !

À sa demande, il lui fit du café. Elle voulait garder ses saveurs en elle, car dans son esprit elles étaient intimement liées à leur rencontre.

Une fois qu'ils eurent achevé ce repas, elle l'aida à débarrasser pour la première fois de sa vie, et lorsqu'ils se trouvèrent tous les deux debout dans la cuisine, il la serra longuement contre lui. La chaleur l'enveloppa. Une chaleur autant extérieure qu'intérieure.

Il fallait qu'elle aille au bout de cette attirance, qu'elle sache ce qu'il y avait derrière, qu'elle connaisse ce qu'il se produisait alors.

Elle ressentait tellement de bonheur dans cette étreinte et elle éprouvait la certitude que pour lui également, il s'agissait d'un moment intense, où le désir n'avait pas seulement la place. Il y avait autre chose, même si ni l'un ni l'autre ne l'exprimait.

Cette nuit serait toute à eux deux.

Et même si elle allait à l'encontre des règles érigées par son père, ou par la simple prudence, c'était ce qu'elle voulait.

Elle aspirait à vivre cela. Avec lui.

Quand elle posa ses pieds dans la chambre, elle savait qu'elle en sortirait différente. Elle n'aurait plus les mêmes points de vue sur la vie, sur les choses.

Alors qu'elle gravait dans sa mémoire le bleu des rideaux, la blancheur du carrelage et la douceur du drap de couleur marine sur lequel il la renversa avec tendresse, ses yeux noirs ne quittant pas les siens, les paillettes qui y dansaient paraissaient encore plus brillantes.

Ses mains sur sa peau étaient à la fois douces et passionnées. Elle avait vu les humains sur la plage le faire, observé leurs réactions, car chez les sirènes la pudeur était moins importante et ce genre de scène ne les choquait pas. Ils avaient l'air heureux.

Néanmoins, elle savait que c'était interdit. Elle ne devait pas avoir ce type de lien avec les humains. Mais pour elle, il ne s'agissait pas d'un amusement.

Car avait lui, tout était beau.

Ses caresses la faisaient frissonner. Et puis ce lit était si doux, si moelleux, tellement différent des lits auxquels elle était habituée ! Et ses baisers sur sa peau, dans son cou, faisaient éclore un étrange feu dans ses veines. Elle osa de même effleurer sa peau et la sentir réagir sous ses doigts lui donna l'audace d'accentuer son toucher.

Leurs souffles, leurs soupirs se mêlaient.

Il enleva lentement ses vêtements, ses mains la découvraient, remplaçant agréablement le tissu. Il prenait son temps pour embrasser sa peau chaque fois qu'une nouvelle surface dénudée se révélait, éveillant ses sens, éveillant des frissons en des endroits inconcevables avant. Cela allait devenir inéluctable.

Ensuite il émit un hoquet de surprise et l'interrogea :

— Tu ne portes pas de sous-vêtements ?

Elle ferma les yeux. Comment lui expliquer ? Elle s'imaginait bien lui dire : « Tu vois, comme au moment où je me transforme, je suis nue, alors je suis obligée de récupérer les habits oubliés ou perdus que je déniche sur la plage pour me vêtir, ou encore ce que la marée ramène, et un soutien-gorge et une culotte, si j'en découvre, sont souvent en piteux état ». Mais bien sûr ! En outre, elle n'aimait pas leur contact sur sa peau, elle avait l'impression d'être enfermée.

Ne trouvant aucun prétexte, embarrassée, elle se sentit rougir.

— C'est plutôt surprenant ! ajouta-t-il, accentuant sa gêne.

Qu'allait-il penser ?

— Je n'en avais plus de propre ! rétorqua-t-elle enfin.

Quelle excuse lamentable ! Mais elle était soulagée de l'avoir eue.

Osant le regarder de nouveau en face, elle put remarquer le caractère étincelant de ses prunelles. Le désir refaisait surface et il effacerait toutes les questions… perturbantes. Elle allait être troublée par toute autre chose.

Pour elle aussi, il anéantirait toutes les règles qu'on lui avait inculquées, dont celle de ne pas céder au charme d'un humain. Toutefois, elle était consciente qu'il ne s'agissait pas seulement de charme, mais d'un sentiment plus diffus qui enveloppait son esprit et son corps, qui entraînait le besoin immédiat de s'abandonner entièrement, de tout oublier, alors que les paumes du jeune homme effleuraient ses seins, puis descendaient le long de son corps de plus en plus bas.

Puis il se rapprocha d'elle, et la nudité d'Antoine recouvrit la sienne, ses caresses provoquèrent en elle de délicieux frémissements, sa chaleur se communiqua à la sienne.

Lorsqu'ils ne firent plus qu'un, en dépit de la douleur fugitive qu'elle ressentit, le plaisir s'intensifia progressivement et elle comprit que ce qui l'unissait à cet homme était irrémédiable, même si tout les séparait, même si leurs existences étaient à mille lieues l'une de l'autre. Sa chaleur la cerna, l'enflamma. Suivant le rythme qu'il imprimait à leurs deux corps, elle se laissa emporter par des vagues qu'elle n'avait jamais connues jusqu'alors. Elles étaient brûlantes, entêtantes, enivrantes, distillant dans ses veines un feu qui la transportait de plus en plus haut, emportant tout sur leur passage. Puis tout éclata.

Peu à peu, tout se calma, son cœur s'apaisa en même temps que celui d'Antoine, l'onde de passion se pacifia.

Elle demeura au creux de ses bras, écoutant le souffle léger d'Antoine, qui s'était endormi, la main dans ses cheveux, après des gestes et des paroles pleins de tendresse. Pourtant, malgré la fatigue amenée par les émotions de cet acte d'amour, elle voulait savourer chaque moment de cette nuit, et surtout elle savait qu'au matin, elle ne serait plus présente. Pour cela, elle devait rester consciente et éviter de s'assoupir.

Dans l'immédiat, elle se sentait aimée, heureuse et épanouie et elle se blottit plus fort contre lui.

Bien avant l'aurore, après qu'ils eurent connu de nouveaux instants intenses au milieu de la nuit, elle le quitta, alors qu'il était plongé dans le sommeil, le recouvrant même du drap pour qu'il n'ait pas froid. Aux fourmillements qu'elle ressentait dans les jambes, elle savait qu'elle avait trop attendu. Il lui fallait vite rejoindre la mer. À son réveil, comment réagirait-il face à son absence ? La chercherait-il ? Ou ne serait-elle qu'une parmi tant d'autres ? Elle éloigna cette idée sombre de ses pensées. Elle ne souhaitait garder que le meilleur.

Elle se pencha doucement, déposa un tendre baiser dans ses cheveux bruns. Son cœur battait à tout rompre. Elle n'avait aucune envie de s'en aller, mais elle devait être raisonnable. Toutefois, elle le regarda un instant, immortalisant chacun de ses traits dans sa mémoire et la quiétude de son visage en ce moment. Ensuite, avec un soupir, elle se leva, prit ses vêtements, les enfila rapidement et partit vers la grotte pour attendre la transformation.

Elle courut tout le long du chemin, repoussant les larmes prêtes à couler.

Elle était envahie par les regrets. Par sur ce qui avait été, mais sur ce qui ne serait plus.

Elle ne devait plus le revoir.

Elle prit place précipitamment dans la cuvette d'eau. Il était temps. La transformation s'effectua, alors que dehors le soleil inondait de sa lumière rose l'horizon.

Début septembre 2010

Durant les jours qui succédèrent à cette nuit, elle ne parvenait pas à l'oublier. Alors elle ne quitta pas le secteur, car elle n'espérait qu'une seule chose : le revoir. Mais elle fit attention à ne pas se faire remarquer, guettant uniquement le matin son arrivée sur la plage, dissimulée derrière l'ombre des rochers, veillant à ce que l'eau ne remue pas, afin de ne pas trahir sa présence. Son cœur se serra quand elle aperçut la tristesse de son expression, l'absence de son sourire, lui qui était d'un naturel si gai. Elle était sûre que dans ses prunelles noires ne brillait plus aucune paillette dorée. Au souvenir de cette particularité physique, les larmes lui montèrent aux yeux. Toutefois, elle les chassa d'un mouvement. Cela ne servait à rien.

Seulement, cette question la taraudait. Était-elle responsable de son affliction ?

Pourtant, il y eut aussi ce matin où son cœur sembla se briser, lorsqu'elle vit une jolie jeune femme, aux longs cheveux bruns et à la peau bronzée, qui courait avec lui. L'avait-il déjà oubliée et remplacée par une autre ? Soit, ils ne s'étaient rien promis. De plus, elle était partie sans lui laisser d'explication, mais la douleur la submergea séance tenante. Elle sentit en elle éclore un sentiment sur lequel elle posa un mot immédiatement : la jalousie. Il lui fallait en savoir davantage ! Veillant à ne pas se montrer, comme ils se rapprochaient des rochers derrière lesquels elle se cachait, elle écouta leur conversation sans vergogne, même si elle ne pouvait en saisir que des lambeaux à cause du vent et des vagues.

Elle dut se retenir aux aspérités, frappée par la surprise quand elle entendit certaines phrases. Il parlait d'elle à cette femme, disant qu'il la cherchait partout et qu'il ne savait plus quoi faire pour la retrouver. Elle était vraiment la cause de son expression affligée, de son attitude où la gaieté était exclue. De plus, par une interpellation, elle comprit que cette jeune femme était sa sœur. Aussitôt, le soulagement envahit son cœur, et si la fêlure ne se répara pas, son esprit se rasséréna.

Mais l'abattement la toucha également. Elle se laissa couler dans l'eau, ne souhaitant pas en entendre plus, et elle rejoignit les grands fonds, à la fois triste de devoir rester hors de sa vie humaine et remplie d'espoir face aux sentiments qu'il avait révélés.

Deux jours après, elle nagea vers les rochers,

puis elle s'arrêta à un endroit calme afin de regarder la falaise se marbrer des couleurs de l'aurore. Le mélange entre le rose, le rouge et l'orange du soleil naissant reflétait la confusion de ce qu'elle ressentait. Elle oubliait tout autour d'elle, perdue dans ses pensées et dans ma contemplation, peignant ses longs cheveux avec ses doigts.

Une exclamation soudaine l'obligea à lever la tête, la sortant de son observation.

— Océane ?

Debout sur un rocher, Antoine ne la quittait pas du regard. Elle y lut à la fois de la surprise et… de la peine. Elle ne savait que dire. Pourquoi avait-elle voulu le revoir avant la pleine lune ? Pourquoi n'était-elle pas restée dans les grands fonds, son refuge coutumier quand son moral était en baisse ? La vision de la vie sous-marine lui donnait toujours chaud au cœur et lui remettait les idées en place. Elle aurait ainsi échappé à cette confrontation. Elle aurait évité de devoir tout lui avouer de cette manière, de répondre à la question qu'il articula avec peine :

— Mais comment… enfin… Tu es quoi ?

Derrière elle, sous le coup de l'émotion, elle fit claquer sa queue. Dans les rayons du soleil, les écailles s'irisaient. Il poussa un cri, stupéfait, son regard fixé sur cet élément révélateur de sa nature, puis il s'exclama :

— Tu es une sirène ! C'est cela ?

Les larmes aux yeux, elle ne put que concéder :

— Oui.

— Ce n'est pas possible ! s'écria-t-il, manifestement sous le choc.

Elle secoua la tête :

— Je suis désolée, pourtant c'est ma vraie nature.

— Mais je t'ai vue marcher ! affirma-t-il, désemparé.

— Une unique journée par mois.

— Quoi ?

— La journée de la pleine lune, enfin un peu plus. Pendant une trentaine d'heures, j'ai des jambes. Le reste du temps, je suis sous cette forme, expliqua-t-elle.

— Mais pourquoi ne m'as-tu rien révélé !

— M'aurais-tu seulement crue ? rétorqua-t-elle.

L'expression d'Antoine se figea et son regard s'assombrit. Dans sa voix, elle put percevoir de la douleur lorsqu'il s'écria :

— Alors, nous, c'était quoi pour toi ? Tu es partie si vite ! Pourtant, j'avais senti chez toi tant de sentiments à mon encontre. J'avais même fugitivement pensé que tu pourrais… m'aimer.

Elle commença à reculer, éclaboussant le rocher. Si quelqu'un assistait à leur discussion ? Elle ne pouvait pas se mettre en danger.

— Écoute, il vaut mieux que je parte, déclara-t-elle.

— Attends ! Je refuse que tu me laisses sans explications supplémentaires de nouveau. Je désire comprendre. Est-ce que je peux te rejoindre ? demanda-t-il en tendant une main vers elle, alors qu'elle s'éloignait.

Elle s'arrêta et le regarda un instant, pour affirmer après réflexion :

— Ce n'est pas une bonne idée.

— Si tu ne peux pas venir sur la plage, moi je peux venir à toi. Je sais bien nager, il y a peu de risque. Il faut que nous discutions.

Elle soupira, et en définitive dit :

— Oui, nous devons parler. Bien, j'ai une autre chose à te proposer : il y a une grotte qui est en partie sous-marine près du Pic du Contrebandier, je m'y rends tout de suite pour t'y attendre. Je peux y pénétrer par un passage rempli d'eau, et toi, tu ne te mouilleras que les pieds, car il y a un rebord. Et à cette heure, elle n'est pas trop envahie par l'eau. Ce sera plus confortable, moins dangereux, et surtout plus discret. Tu vois, elle se situe là-bas, derrière ces rochers. Cela paraît difficilement accessible, mais ce n'est pas le cas, ajouta-t-elle en lui indiquant l'endroit de la main et il hocha la tête.

— Je t'y rejoins sur-le-champ, déclara-t-il avec sérieux.

D'un coup de queue énergique, elle opéra un demi-tour, puis nagea hâtivement vers les rochers où se trouvait sa cachette.

Elle emprunta l'étroit passage semi-inondé à l'emplacement le plus profond. Sur les bords, il était possible de le faire à pied. Il fallait juste veiller à ne pas glisser.

Sa grotte. Son refuge estival depuis si longtemps. Même ses sœurs ne le connaissaient pas. Pour une fois, elle allait le partager avec quelqu'un, humain de surcroît.

Elle se dirigea jusqu'à la poche d'eau, située au bout du chenal, qui lui permettrait de converser avec Antoine. Soudain, le son de sa voix résonna sous la voûte :

— Océane ?

Son cœur rata un battement. Il l'avait bien rejointe. Elle poussa un soupir de soulagement, puis énonça :

— Je suis là, au fond. Fais attention, c'est très glissant. J'allume la torche.

Elle la laissait toujours sur un escarpement, attachée à une corde. Elle l'avait trouvée sur la plage, oubliée, et ce système à manivelle lui convenait, car elle n'avait pas besoin de pile. Elle avait mis du temps à comprendre le fonctionnement, mais c'était plus pratique que les bougies qu'elle employait jusqu'alors et qui n'étaient plus utilisables une fois qu'elles avaient pris l'eau.

Elle activa la manivelle, la lumière arriva vite pour encadrer sa silhouette. Ici, la lumière solaire illuminait assez parcimonieusement et ne parvenait pas jusqu'au fond.

Il regarda autour de lui, manifestement surpris. Il était vrai que les vieilles barriques défoncées, les lanternes au verre cassé, la caisse en bois à laquelle il manquait le fond, et tout le fatras qui se trouvait en ce lieu, laissé par les contrebandiers, pouvait paraître déconcertant et désuet. Dans un coin un peu plus élevé, elle avait installé un petit coin douillet avec une pile de serviettes qui lui servait pour se reposer et ses vêtements étaient accrochés à des esses rouillées, à un niveau où l'eau ne montait jamais. Il vint se placer sur ce tertre, exactement en face de la poche d'eau.

— C'est là que tu vis ? s'enquit-il, se penchant vers elle, obligée de rester dans cette cuvette.

— Non, pas vraiment. C'est juste mon refuge lorsque je viens à terre. Je vis au plus profond de la mer habituellement.

— Ah ! Et tu ne peux vraiment pas me retrouver ?

— Non, je n'ai des jambes que lors des nuits de pleine lune, puis le jour qui suit, et une partie de l'autre nuit. J'ai de la chance, car ce n'est pas le cas pour toutes !

— Pour toutes ! Parce qu'il y en a d'autres ? s'exclama-t-il, les yeux écarquillés.

— Oui, mes sœurs et moi, et d'autres dans toutes les mers du monde.

— Eh bien…

Elle le coupa d'un geste de la main :

— Mais nous ne sommes pas là pour parler de ma famille, non ?

Il hocha la tête, soupira, et demanda enfin :

— Pourquoi es-tu partie ?

— Parce que j'allais me transformer, et si cela s'était produit chez toi, j'aurais pu… en mourir.

Cela doit arriver quand je me trouve dans l'eau. Antoine ?

Il paraissait si interloqué par ses propos. Il secoua la tête :

— Une sirène ! J'avais compris que tu n'étais pas comme les autres femmes, mais honnêtement, pas à ce point ! Normalement, vous mangez des humains !

Encore cette vieille légende !

— Non, pas du tout ! Nous sommes pacifiques ! Nous ne leur faisons aucun mal, répliqua-t-elle avec agacement.

— Et les chants ? Les naufrages ?

— Nous n'en sommes pas responsables. Au contraire, nous avons tenté de nombreuses fois de sauver des humains, mais souvent en vain. Notre chant sert à appeler nos consœurs pour qu'elles viennent nous prêter main-forte. Bien sûr, toutes n'agissent pas de cette manière et elles nous portent tort. Toutefois, les sirènes sont avant tout là pour porter secours. C'est notre devoir, même si depuis quelque temps les humains ont moins besoin de nous, depuis qu'ils ont développé des technologies qui leur permettent de s'entraider.

— Pourtant vous séduisez des humains ?

— Non !

Elle frappa l'eau d'un coup de queue, énervée, puis elle se reprit et affirma plus posément :

— Non, j'étais juste venue ici dans le but d'en découvrir davantage sur ton espèce, et puis je te rappelle que c'est toi qui as commencé !

Il esquissa un léger sourire face à cette évocation et dans ses yeux apparurent les paillettes qu'elle aimait tant :

— Touché ! Et en échange, tu m'as tant donné.

Sa voix se fit caressante sur ces derniers mots. Elle se sentit rougir, il lui sembla même que ses écailles palpitèrent à ce sous-entendu.

— Je…

Que pouvait-elle dire ?

Il s'accroupit devant elle et tendit sa main vers son visage pour effleurer sa joue, ce qui ne manqua pas de la faire frémir tant ce geste insignifiant lui en remémora d'autres beaucoup plus sensuels, puis il demanda tendrement :

— Pourquoi es-tu revenue ?

Elle soupira et chuchotai :

— Je voulais te revoir. Tu m'avais dit que tu faisais souvent ton jogging sur cette plage. Nous nous sommes même retrouvés ici, alors j'y suis retournée tous les jours depuis. Pour ce faire, je restais cachée derrière les rochers, afin que l'on ne m'aperçoive pas sous ma forme de sirène. Enfin, je souhaitais savoir comment tu allais…

— Tu m'as manqué ! chuchota-t-il avec beaucoup de tendresse dans le regard.

Il se pencha plus et déposa un baiser sur ses lèvres, puis il se redressa pour plonger ses yeux dans les siens.

— Tu reviendras ? s'enquit-il d'une voix profonde.

Elle était embarrassée par la réponse à donner,

et il poursuivit sur un ton encore plus sérieux :

— Je veux dire à la prochaine pleine lune.

Elle recula un tantinet :

— Ce n'est pas possible.

Il haussa un sourcil avant de demander :

— Pourquoi ?

Elle poussa un soupir.

Comment lui fournir une explication qui ne nuise pas à son secret, à leurs secrets ?

— J'ai commis une erreur, j'ai désobéi à une règle, et je ne peux pas continuer, déclara-t-elle dans un murmure.

— Une règle ? Laquelle ?

— C'est difficile à dire…

— Vous ne devez pas aimer un humain, c'est cela. Et quand cela arrive, que risques-tu ? La mort ? ironisa-t-il, un brin énervé.

— Non, mais…

— Alors pourquoi ne peut-on pas vivre notre histoire ?

— Quoi ?

— Je te le concède, au début je voulais juste te mettre dans mon lit, mais passer autant de jours à te chercher m'a rapidement fait comprendre que ce que je ressentais pour toi était plus important que cela. Et les moments que nous avons passés ensemble, et surtout notre nuit, ont aussi tout changé.

— Tu sais dorénavant ce que je suis.

— Et alors ? Tu crois que cela modifie quoi que ce soit à mes sentiments ? Je t'aime, c'est tout. Je t'aime, répéta-t-il avec tendresse.

Elle resta immobile. Plus une écaille ne bougeait. Elle était stupéfaite.

Cet aveu ! Elle n'en revenait pas.

— Océane !

— Je t'aime aussi, chuchota-t-elle, posant ainsi les mots sur ce qu'elle ressentait pour lui.

De l'amour !

C'était cela après quoi elle courait autant… Elle ne cherchait pas à découvrir le monde. Elle voulait juste ne plus être seule. Et c'était sur un humain que son cœur s'était dirigé. Sur l'imprévisible. Sur l'impossible.

Soudainement, la raison lui revint.

— Vivre notre amour est impossible, affirma-t-elle.

— Pourquoi ?

— Parce que je suis une sirène et toi un humain. Parce que j'ai une vie qui peut être très longue, et toi…

— Quel âge as-tu ? s'enquit-il en haussant un sourcil.

— Cent quatre-vingt-trois ans.

Il émit un hoquet de surprise, abasourdi.

— Je ne vieillirai pas. Tu comprends ? insista-t-elle.

Il secoua la tête :

— Non, je ne comprends pas. Pourquoi ne pourrions-nous pas déjà vivre ce que la vie nous donnera ? Et l'on verra ensuite. Dans l'immédiat, je n'imagine rien qui l'empêche.

— Antoine !

— Écoute, je te propose quelque chose : la pleine lune est pour dans deux jours. Je serai là. Si tu ne me rejoins pas, c'est que tu auras pris ta décision. Mais moi, à chaque pleine lune, je t'attendrai ici. Je patienterai le temps qu'il faudra.

— Tu vas gâcher ta vie, déclara-t-elle.

— Je ne gâcherai pas notre amour, affirma-t-il avec solennité.

Elle soupira :

— Adieu Antoine.

— À bientôt, Océane.

Elle plongea son regard azur dans les pépites d'or de ses yeux, gravant à jamais cette caractéristique dans sa tête. Puis elle donna un coup de queue et partit le long du petit chenal. Au bout de la grotte, elle jeta un dernier coup d'œil en arrière. Il était debout, immobile, sa silhouette se découpant dans la lumière de la torche, ses prunelles fixées sur elle.

L'eau salée qui coulait de ses yeux se mêla à celle de l'océan alors qu'elle plongea profondément dans son giron, après s'être détournée avec regret de cet endroit, et surtout de l'homme qui s'y trouvait encore.

14 novembre 2016

Il est debout sur le rocher, fixant l'horizon. Comme tous les soirs.

— Papa ?

Sa petite menotte tire son jean.

— Oui, ma puce ?

— Elle arrive quand Maman ?

— Bientôt. Regarde, la lune s'arrondit de plus en plus, et quand elle sera totalement ronde, tu pourras alors la voir venir à notre rencontre.

Ils attendent encore une journée supplémentaire, et comme depuis six ans le miracle se reproduit.

Ils aperçoivent une chevelure blonde qui fend l'eau, puis ils la rejoignent alors que sur la plage de sable fin, ses jambes renaissent. Pour lui, c'est comme si c'était la première fois qu'il voyait cela. Il est toujours autant stupéfait d'observer la grande queue irisée dans des gammes de bleus et de verts disparaître pour laisser la place à une paire de jambes.

Il lui donne son bras pour qu'elle s'y appuie et il l'assiste également afin qu'elle puisse s'asseoir sur un rocher, puisque marcher lui est encore malaisé. Il lui tend des vêtements, car en ce mois de novembre, le froid est présent, et il sait que sous sa forme humaine elle le ressent plus que dans l'eau. Elle passe rapidement les sous-vêtements (cela, elle a dû s'y faire), le pull chaussette, le jean et les tennis. Ensuite, ils se serrent l'un contre l'autre et échangent un baiser passionné, prometteur pour la nuit à venir, puis elle prend Thalassa dans ses bras pour de tendres effusions. Soit, ils se voient lorsqu'elle est sirène le plus souvent possible, mais en cette saison leur fille ne peut plus rejoindre sa mère dans l'eau pour des câlins ou des moments de partage. Océane se contente de la saluer de loin. En outre, ils ne sont plus en mesure de se réunir dans la grotte qui est quasiment envahie par l'eau. Après des étirements, pour qu'elle puisse retrouver l'emploi de ses nouveaux prolongements de son corps, ils rentrent à la maison.

Il a finalement acheté cette île. Le fort a une décoration assez marine pour qu'Océane puisse s'y sentir chez elle, il y cultive un jardin et leur fille adore s'occuper du poulailler. De cette manière, ils préservent leur secret, car comme ils sont assez isolés, Océane peut y venir quand elle le désire, pour leur plus grande joie. Conserver sa vraie nature secrète est la condition sine qua non à leur vie commune, exigée par son père lorsqu'elle lui avait avoué les raisons de son affliction, alors qu'elle ne savait plus quoi faire après avoir laissé Antoine. Ils doivent veiller à ce que nul ne découvre qui est réellement Océane et en échange il la laisse vivre son amour pour un humain. Antoine ne l'a jamais rencontré, mais il est fier d'avoir sa confiance, et heureux de pouvoir l'aimer.

Dans l'immédiat, il regarde sa merveilleuse compagne. Sa démarche est encore flageolante, mais son bras repose autour de sa taille pour lui éviter de chuter, alors qu'elle tient la main de leur fille dans la sienne.

Leur enfant a été un miracle d'une nuit de pleine lune, inattendue et précieuse, qui a de grandes aptitudes dans l'eau, entre autres de pouvoir demeurer dessous très longtemps, mais qui reste humaine. Elle a la blondeur de sa mère et les yeux de son père. Un beau mélange. Elle va à l'école du village, sachant qu'elle ne doit rien dire sur sa maman, si ce n'est qu'elle doit voyager beaucoup pour son travail, ce qui explique ses absences répétées. À la différence de sa mère, elle déteste le poisson cru, ce qui demeure un sujet de plaisanterie entre eux trois. Il l'élève seul, en dehors des nuits de pleine lune où sa mère les retrouve. Comme celle-ci.

Une nuit et une journée avec Thalassa, et une nuit avec elle.

Ils cultivent leur bonheur. Ces moments sont si

rares, si précieux.

Et dire que pour lui, c'était juste un amour de passage, un amour estival…

Il se demande toujours ce qu'il aurait fait si elle n'avait pas pris la décision de le rejoindre à la maison. Une sirène ! Comment aurait-il pu la retrouver ?

Pendant que la nuit les cerne et qu'ils pénètrent dans le fort, il se rappelle ce jour avec exactitude.

Lors de cette pleine lune, comme tous les matins, ainsi qu'il l'avait promis, il s'était rendu sur la plage pour guetter son arrivée. Toutefois, étant donné qu'il n'avait rien vu sortir de l'eau, il était rentré, déçu, et il s'était mis au travail. Il se trouvait à son ordinateur, désespérant devant la page blanche, page qui ne s'était plus noircie depuis son départ – chaque jour était une nouvelle tentative qui se révélait vaine –, quand il y avait eu ce coup frappé au battant. Au moment où il l'avait ouvert, il l'avait aperçu là, sur le seuil de la porte, triturant son tee-shirt, manifestement indécise sur la conduite à tenir face à sa réaction de surprise. Ses longs cheveux blonds flottaient dans son dos, son regard azuréen le fixait, interrogateur, perdu.

Elle était si belle en cet instant.

Cependant, une fois qu'elle était entrée dans la maison, elle n'en était plus sortie, du moins jusqu'à ce qu'elle doive se retirer à cause de sa transformation. Il l'avait alors suivie pour assister à ce spectacle qui l'étonne tant encore. Ensuite, sur un dernier au revoir, elle avait plongé. Mais cette fois-ci, il savait qu'elle reviendrait. Elle respecterait sa promesse, car elle avait l'autorisation de continuer à le voir, tant que le fait qu'elle était une sirène ne serait pas révélé et que rien ne la mettrait en danger dans son monde.

Depuis, il l'attend, ou plutôt ils l'attendent, car leur fille est également très attachée à ce rituel.

Il entoure les épaules d'Océane de son bras et lui murmure à l'oreille :

— Je t'ai aussi préparé du café !

Elle éclate de rire.

Oui, ils saisissent chacun de ces instants depuis qu'elle est venue le retrouver cette nuit de pleine lune du vingt-trois septembre deux mille dix, premier jour de l'automne, promesse d'une nouvelle vie.

Éclat

Nouvelle

J - 10

De temps en temps, je remonte à la surface.

J'aime l'eau, sa douceur, sa chaleur sur ma peau, l'enveloppe rassurante qu'elle construit autour de moi, surtout quand je suis dans son giron. Pourtant, je regarde au loin cette petite crique assez inhospitalière d'apparence avec ses rochers de tailles différentes, gris foncé ou noirs. Certains sont assez aigus, d'autres affleurent sur la plaine liquide, et souvent une vague trop forte les dissimule dangereusement. Mais cet endroit cache dans certains replis des petits coins au sable presque blanc, très agréable au toucher, tiède aussi, car il y conserve la chaleur accumulée dans la journée. Je goûte déjà au plaisir de m'y prélasser, de faire couler entre mes doigts les grains, même si je ne peux le faire que deux ou trois fois par an. Et là, le bon moment va bientôt arriver.

En cette période estivale, l'astre solaire éclaire de manière chaleureuse, et sans doute pour quelque temps encore, vu sa hauteur dans le ciel. Cependant même si c'est la saison des longues journées, je trouve que le jour met du temps à disparaître.

Mon impatience est trop forte. Que cette attente est difficile !

Peu à peu, le soleil disparaît à l'horizon dans un beau rougeoiement qui progressivement atteint enfin sa nuance la plus intense. Puis celle-ci s'éteint, laissant derrière elle ce sentiment d'amertume, face à ce jour qui se termine et dont je ne peux profiter que dans l'eau, mais aussi cet espoir que je ressens à chacun de ses couchers. J'aime ce paysage à la lumière du jour, j'aime avoir l'occasion d'observer les gens vivre. Et j'aime par-dessus tout cet instant de la journée où tout peut basculer. Cet entre-deux lumineux qu'il n'est possible de voir qu'à la surface de l'océan.

Je me lance rapidement au milieu des flots calmes, puis j'accoste au bord de ce lieu rocheux.

Je regarde autour de moi : il y a longtemps que je ne suis pas venue ici, mais je peux y remarquer très peu de changements. Malgré les présences humaines, ce lieu conserve toute sa sérénité et je l'apprécie pour ce bonheur qu'il m'apporte intérieurement. Nous sommes assez proches du village, et j'écoute les heures s'égrener à la cloche de l'église. J'aime ce son qui ne change pas au fil des siècles. Je n'ai jamais osé aller voir cela de plus près, toutefois j'ai pu distinguer sur des côtes ces fiers bâtiments. Céans, il y a encore une part de nature sauvage, qui s'entrelace avec une part de vie humaine, de manière assez harmonieuse.

Sur les cailloux, le bruit du clapotis de l'eau est très délicieux à entendre, il résonne comme une berceuse apaisante.

À cette heure tardive, il n'y a plus personne sur la plage. Rassurée, je me hisse sur un des plus gros rochers, sachant que, pour le moment, il m'est impossible d'aller plus loin, du moins pas avant une dizaine de jours. Je profite de la vue dégagée devant moi, démêlant mes longs cheveux châtains avec mes doigts, laissant mes écailles sécher à l'air libre, ne conservant que ma nageoire dans l'élément vital.

La mer ondule doucement sous le léger souffle du vent. Très peu d'écume l'orne de sa blancheur duveteuse, si ce n'est lorsque quelques grosses vagues s'étalent sur la plage, abandonnant parfois derrière elles un coquillage ou une petite pierre. Peut-être qu'ils feront le bonheur d'un enfant demain ?

Je contemple l'horizon, partagée entre la terre, l'océan et le ciel. Le soleil, comme une pelote infinie, y achève de dévider son fil écarlate, et ce dernier disparaît dans la noirceur qui y succède.

Maintenant, les étoiles se reflètent dans l'eau, accompagnée de la lune qui n'est pas encore telle que je la souhaite avec une grande hâte. Son chatoiement joue sur mon corps, y reproduisant cette lumière lunaire dans un prisme coloré, avec mes écailles qui s'irisent sous cette dernière. Leur réverbération se mêle à celle des astres nocturnes, dans le sein de l'onde calme. L'argent s'unit à la pénombre.

Si le jour à son charme, je préfère la nuit, car non seulement je peux m'y dissimuler plus facilement, mais aussi parce qu'en cette saison estivale, il s'agit d'un moment d'une intense quiétude. De plus, mes yeux couleur d'orage sont moins agressés par la lumière nocturne, sans compter que le rayonnement solaire assèche trop vite mes écailles, et peut m'être fatal à long terme si je m'éloigne trop de l'élément liquide. Cela, ce n'est pas une légende !

Je regarde derrière moi, toujours à moitié plongée dans cette eau encore tiède, après cette journée caniculaire, assise sur des rochers sombres qui conservent la chaleur que le soleil leur octroie. Le temps s'écoule lentement, la fraîcheur arrive progressivement, alors que je laisse mon regard errer sur le panorama qui m'entoure.

À un moment, j'ai l'impression de distinguer comme une étincelle, juste là, proche de moi, jaillie du rocher qui surplombe cette étendue.

J'essaye de m'élever, en m'appuyant sur mes bras, tout en restant dans le liquide salvateur, mais cela ne m'aide pas davantage pour somme toute être en mesure d'apercevoir de quoi il en retourne. Qu'est-ce qui peut produire un tel reflet dans l'eau ? Une pièce ? Un bijou perdu ? Un bibelot que je n'ai pas encore vu ? Toutefois, je ne peux vraiment rien distinguer puisque la lumière lunaire n'est pas assez forte, et que je suis dans l'incapacité d'y mettre ma main pour tâter l'objet, car je n'y atteins pas. Mes efforts sont interrompus par une ondulation de l'eau un peu plus puissante que les autres, qui me signale aussitôt une autre présence – même si mes sens à la surface sont moins aiguisés que sous l'eau –, et j'entends alors :

— Marine ?

Je me retourne brutalement et dis d'un ton agacé :

— Oui.

— Tout va bien ? demande Zara, qui, elle, reste dans l'océan, ses cheveux blonds qui ondulent sur son étendue. Dans ses yeux azur, je peux lire de l'inquiétude.

— Oui.

Le laconisme de mes réponses risque la surprendre, elle qui me connaît depuis si longtemps, et l'eau, en crépitant, éclabousse tout autour de mon corps, dévoilant ainsi mes sentiments actuels, et surtout mon énervement.

Immédiatement, je prends conscience que je ne souhaite pas que Zara voie ce qui m'intéresse, ou plutôt ce qui me fascine tant. N'ayant pas réussi à le découvrir par moi-même, je ne désire pas que quelqu'un d'autre le fasse à ma place. Et si, comme toutes celles de mon espèce, j'aime tout ce qui brille, j'éprouve aussi le besoin d'avoir des secrets : que peut-il y avoir d'incongru à cette volonté ? Alors, je décide de repartir sous l'eau, non sans avoir jeté un dernier regard à cet éclat si tentateur.

D'un battement rapide et fort de la queue, je rejoins cette amie fidèle.

Je reviendrai une autre fois.

Très prochainement.

J - 8

Hier a été une journée orageuse. Le tonnerre a aussi retenti une partie de la nuit.

Sous les éclairs qui avaient éclaté toute la nuit sur l'onde rendue alors très inhospitalière, il avait mieux valu pour moi rester au fond de l'océan, sous la protection du vieux palais paternel bâti avec des coraux et des roches basaltiques, dans un dégradé de rouge, d'orange et de noir. Sous la solidité rassurante de cette immense demeure aux pièces innombrables, qui évolue sans cesse de manière anarchique selon la pousse des coraux, enfouie dans cette montagne sous-marine, avec les tritons et les autres naïades, je suis en sécurité. Si le bruit du tonnerre y est quand même perceptible, ainsi que les grondements, car l'eau en répercute l'écho, qui est nettement plus atténué pour nous que pour les humains à la surface. Du haut des rochers cela doit être fabuleux à contempler, mais je ne suis pas assez téméraire pour le faire.

Néanmoins, maintenant tout est redevenu serein, l'air est de nouveau tiède. Une douce brise rafraîchit l'atmosphère, loin du souffle colérique d'Éole qui parfois se rappelle à notre père Poséidon dans cette lutte plurimillénaire qui les oppose, et dont les humains sont les premiers à subir les conséquences.

Je suis donc revenue sur cette plage avec ce sable si accueillant et ces doux galets qui reposent devant les rochers. Avec inquiétude, je remarque alors qu'ils ont été dispersés par la violence des éléments et l'humeur fulminante des flots. Beaucoup de coquillages et de pierres jonchent le sable. Il est même possible d'y voir des algues qui pendent sur les rochers, montrant la violence de l'océan et du vent dans ces instants.

Je n'espère qu'une seule chose : que les rochers qui cachent ce que je veux voir – enfin –ne soient pas touchés, que ce coin n'ait pas été modifié de quelque manière que ce soit, et surtout que l'objet s'y trouve encore.

Mais, aujourd'hui, la marée ne me permet pas d'apercevoir le scintillement séducteur. Il m'est impossible d'en approcher, car les flots sont encore assez agités. Ils projettent de l'eau par intermittence et rendent alors les rochers glissants. Ils empêchent toute tentative d'escalade sur ces derniers qui pourrait s'avérer périlleuse sous ma forme actuelle. N'a-t-on jamais vu un poisson grimper sur quelque chose, hors de l'élément liquide, si ce n'est qu'avec des bonds fort peu élégants, et sans se mettre en danger ? J'ai beau avoir des bras, ma nageoire m'interdit d'évoluer sur terre comme je le souhaite. Dans ces moments-là, j'envie les humains, même si je me doute qu'eux aussi aimeraient bien être parfois à ma place.

Dès lors, je dois me montrer prudente et surtout raisonnable.

Demain...

Oui, demain.

Je n'ai pas pour habitude de renoncer.

Et bientôt, je pourrai faire ce que je veux, même si ce ne sera que pour un court délai.

9 - 7

Lorsque je parviens en vue de la crique, je pousse une exclamation rageuse.

Après la déception connue le jour précédent, voilà que je ne peux même pas m'approcher, puisqu'il y a des gens sur ma plage.

Il y a de la lumière, des silhouettes mouvantes tournent autour et se reflètent sur les rochers. Des rires et des cris viennent jusqu'à moi. De la musique résonne. Il me semble même reconnaître une guitare.

Je me rappelle cette fois, où mes jambes étant là, j'avais pu m'avancer vers les humains, veillant tout de même à rester dissimulée. C'était une chaude soirée d'août, et je n'ai jamais oublié ces odeurs étranges dégagées par la nourriture ni son aspect. Cela me donnait envie d'y goûter. Ils mangent tant de choses étranges. Il m'avait même été possible d'écouter leurs conversations et leurs chants.

Je ne peux le nier, les humains me fascinent, toutefois je suis consciente qu'ils représentent un danger. Ils sont capables du pire comme du meilleur. Alors, tomber dans leur filet, non merci !

Je reste donc dans l'eau, assez loin, cachée derrière un des récifs qui bordent cette crique, dans son ombre, à observer, et surtout à patienter jusqu'à leur proche envolée. Pourtant, après une longue attente, je comprends qu'ils ne partiront pas, car je les vois se coucher sur des couvertures posées à même le sable. La fête va se prolonger à mes dépens.

Ce n'est pas la première fois que cela se produit. Cependant, si d'habitude j'apprécie de découvrir de nouvelles activités humaines, me demandant ce que je ressentirais si je me trouvais avec eux, en ce moment, c'est plutôt de l'agacement qui mine mon moral.

Alors d'un grand coup de nageoire rageur, je plonge dans cette eau, ce maternel cocon apaisant, mais qui, dans l'immédiat, ne m'intéresse plus, où je ne trouve plus de jeux nouveaux, où je ne ressens plus de plaisir à voir les danses des poissons multicolores, perturbée par cette sensation de lassitude continuelle incompréhensible que je connais depuis quelques jours.

Je ne peux m'empêcher de remonter à la surface au bout de quelques instants pour vérifier. Néanmoins, j'aperçois toujours des ombres ondoyantes sous les lueurs… Des sons de voix m'arrivent…

Trop loin.

Le rivage est de nouveau trop loin, et cette fois-ci, il m'est comme défendu d'y aborder. Le péril est trop important. Ma volonté de découvrir ce qui se dissimule au sein de ce rocher n'excuserait pas une telle imprudence. Aller à l'encontre de toutes les règles à ce prix-là est hors de question !

Je plonge et je gagne le fond. La tristesse m'étreint.

Je sais également que demain, je ne pourrais pas venir voir si tout va bien.

Comme il s'agit d'une des fonctions que mon père m'a attribuées, il m'a demandé de me rendre auprès d'un autre groupe de sirènes en tant qu'ambassadrice, étant donné que j'ai la réputation d'être une bonne négociatrice. J'espère seulement que je ne perdrais pas trop de temps, car je veux revenir céans après-demain.

J - 5

Aujourd'hui, cette petite plage semble avoir retrouvé son calme habituel, sa solitude.

Tout est silencieux.

Il n'y a personne.

Aucune lampe torche. Aucune odeur.

Il m'est alors possible de me rapprocher de ce lieu tellement convoité, et je monte aussitôt sur ce rocher devenu si familier pour vérifier si tout est toujours en place.

Mais là, nouvelle déconvenue qui m'attend : nul éclat n'est visible…

Je cherche du regard encore.

Encore…

Avec obstination, pestant de ne pas avoir la capacité d'aller plus loin.

Et enfin, je l'aperçois ! Là, dans ce trou d'eau !

J'étouffe une exclamation de joie.

Lors de l'orage, l'eau a dû monter jusqu'au sommet du rocher et a fait glisser la chose brillante dans cette excavation, qui s'est naturellement remplie de liquide salé.

Elle est bien là, à la fois si proche et si loin.

Cependant, je ne peux plus attendre, et surtout demeurer ainsi sur la pointe de la nageoire : avec ces rochers où je risque facilement de déraper, cela devient trop dangereux. Me blesser, et donc me faire remarquer, n'est pas souhaitable.

Personne ne doit se douter de rien.

Il nous est permis de nous rendre le soir où nous le voulons, et la nuit, nous sommes autorisées à approcher le monde des humains, l'obscurité nous recouvrant de son voile protecteur, mais il ne faut rien faire pour que l'on ne puisse pas nous apercevoir : je risque ma vie et surtout la vie de tous ceux qui vivent dans le monde sous-marin.

La colère de notre père serait aussi terrible s'il savait quoi que ce soit !

Une légende doit rester une légende ! C'est notre protection la plus efficace.

Je replonge dans les flots, toutefois avec lenteur, laissant mes cheveux flotter autour de moi, puis disparaître dans les remous en une traîne serpentine qui ondule derrière moi. Ensuite, j'accélère progressivement pour me confondre dans la pénombre des grands fonds.

Demain, je dois de nouveau rencontrer les sirènes pour avoir cette fois-ci le dernier mot. Elles ont bénéficié d'une journée pour réfléchir. Mon père a été très clair sur ce sujet, lorsque je lui ai fait mon compte-rendu. Il faut également que je dorme pour être en forme. La route a été longue et éreintante, bien que j'aie pris le char tiré par les dauphins de mon père.

Pourtant, j'ai encore l'impression que cette nuit sera courte. J'ai tant hâte de retourner ici ! Trouver le sommeil sera difficile.

J - 3

Je nage de nouveau vers la petite crique, remplie d'espoir, mais là, à la vue de la plage, je ne peux qu'émettre un soupir.

C'est encore impossible.

Les rochers sont trop hauts.

L'eau n'a pas atteint le niveau suffisant pour me permettre d'accéder à ce brillant objet désiré.

J'attendrai décidément la prochaine marée qui correspondra au jour tant attendu.

Toutefois, je n'ai pas envie de rentrer.

En effet, autour de moi, le fait que je me rende quotidiennement à ce même endroit devient étrange, et mes amies se posent des questions sur ce qu'elles considèrent comme une obsession. Pourtant, je suis incapable de leur répondre, ou plutôt je ne le souhaite pas. Nous sommes coutumières des modifications d'humeur, et je sais aussi, en tant qu'objet de tentation et de curiosité, que les passions qui transportent les humains peuvent nous toucher pareillement, néanmoins cela paraît quand même suspect, car cela me ressemble si peu. Je suis gaie de nature, cependant depuis cette découverte, je ne suis plus moi-même, du moins d'après ce que mes compagnes me disent.

Et il y a aussi eu ce regard que m'a jeté Père hier. Se doute-t-il de quelque chose ? Pourtant, il me connaît : je suis curieuse, mais pas risque-tout. De plus, j'ai encore à l'esprit la mésaventure de ma sœur qui, il y a deux siècles, voulant observer les humains de trop près, a été attrapée, et nous ne l'avons plus jamais revue. Elle a dû mourir, puisque notre père, qui peut se rendre quand il le souhaite parmi les humains, n'a jamais entendu parler d'une sirène transformée en objet de curiosité, comme cela se faisait à l'époque avec les gens qui étaient différents. Cet épisode tragique est devenu pour nous l'exemple à ne pas suivre. Nous savons toutes dorénavant ce qui nous attend si nous commettons à notre tour une imprudence similaire : la mort loin de nos proches, ou pire, devenir un animal de zoo.

Bref, pour en revenir à moi, il y a une autre idée qui tourne dans ma tête : et si l'envie de voir la chose leur vient à elles aussi ! Cela n'est en aucune façon improbable !

Mais non ! C'est inenvisageable ! C'est à moi, et à moi seule !

Je ne partagerai mon secret avec quiconque.

Aujourd'hui, j'ai l'impression que cet éclat brillant me nargue.

Sous la lueur de la lune qui commence à devenir pleine, il ressemble à une petite flammèche attirante, mais qui peut se révéler dangereuse pour celui qui s'en approche.

Insaisissable, mais si tentatrice…

Je le regarde une dernière fois, et me laisse finalement couler sous l'eau.

J'attendrai le lendemain. Là, je pourrai m'y rendre à pied, quelles que soient les conditions climatiques.

Jour J

La lune est pleine.

Enfin.

Et comme chaque fois que cela se produit, je deviens humaine, mes jambes sont là, apparentes, et non plus cachées sous cet aspect si singulier, mais qui m'est nettement plus familier, moins étranger à moi-même.

Je prends le temps de laisser mes muscles se faire à leur nouvel aspect afin qu'ils retrouvent leur souplesse originelle. Néanmoins, marcher, c'est inné pour nous aussi, même si c'est difficile.

Après quelques étirements, je progresse doucement, et puis de plus en plus vite, au fur et à mesure que ma démarche devient moins flageolante, d'abord sur le sable, ensuite j'atteins le sommet des rochers, retrouvant avec plaisir cette sensation de légèreté et de liberté, différente de celle que je peux connaître sous l'eau, ma nudité me permettant de ressentir le vent qui me pousse, comme un léger souffle, très peu agressif sur ma peau sans écaille.

Et là, je me penche au-dessus de la petite cavité : la lumière que l'objet reflète est encore plus belle sous la clarté de la pleine lune dont la blancheur descend jusqu'à lui et le touche avec une grande générosité, surtout vue d'aussi près.

Je pousse un soupir de soulagement.

C'est toujours là.

Je plonge mes mains sous la flaque, avidement.

Et j'en sors cet objet tant convoité.

Enfin.

Mais…

De joyeuse, mon expression se fige et je dois pâlir.

Je tourne cette curiosité dans tous les sens, pour finalement la lancer avec rage du haut de l'escarpement, où j'entends le bruit métallique qu'elle émet en tombant sur les galets qui se trouvent plus bas. Encore un de ces trucs abandonnés par les humains, car ils n'ont plus aucune utilité !

Les plages du monde entier en sont envahies. Et nous le déplorons, en mesurant les conséquences au plus près.

Je n'ai même plus envie de marcher le long de cette plage, de sentir sous mes pieds les galets, le sable, de profiter de cette seule nuit avant encore vingt-huit jours pour être sur mes deux pieds. D'habitude, j'arpente cet endroit avec bonheur, je tâche de glaner des choses oubliées par les humains qui rejoignent ma chambre dans le palais. Je possède toute une collection de ces traces de vie, dont je ne connais pas toujours l'emploi.

Non, décidément, je n'ai plus envie de rien ! Et je n'en parlerai à personne, car l'on se moquerait de moi !

La situation est si ridicule !

Une boîte de conserve, rouillée pour une grande partie.

Seul un endroit n'était pas recouvert de cette matière qui laisse sur mes mains une substance désagréable.

Et c'est de là que jaillissait la tentatrice étincelle.